孙子兵法

——第十二册

上海人民美术出版社
浙江人民美术出版社

目 录

形 篇

孙子曰：昔之善战者，先为不可胜，以待敌之可胜；不可胜在己，可胜在敌。故善战者，能为不可胜，不能使敌必可胜。故曰：胜可知，而不可为。

不可胜者，守也；可胜者，攻也。守则有余，攻则不足。善守者，藏于九地之下；善攻者，动于九天之上，故能自保而全胜也。

见胜不过众人之所知，非善之善者也；战胜而天下曰善，非善之善者也。故举秋毫不为多力，见日月不为明目，闻雷霆不为聪耳。古之所谓善战者，胜于易胜者也。故善战者之胜也，无奇胜，无智名，无勇功。故其战胜不忒；不忒者，其所措必胜，胜已败者也。故善战者，立于不败之地，而不失敌之败也。是故胜兵先胜而后求战，败兵先战而后求胜。善用兵者，修道而保法，故能为胜败正。

法："一曰度，二曰量，三曰数，四曰称，五曰胜。地生度，度生量，量生数，数生称，称生胜。"故胜兵若以镒称铢，败兵若以铢称镒。称胜者之战民也，若决积水于千仞之溪者，形也。

　　孙子说：从前善于打仗的人，先要做到不会被敌战胜，然后待机战胜敌人。不会被敌战胜的主动权操在自己手中，能否战胜敌人则在于敌人是否有隙可乘。所以，善于打仗的人，能够创造不被敌人战胜的条件，而不可能做到使敌人必定被我所战胜。所以说，胜利可以预见，但不可强求。

　　若要不被敌人战胜，就要采取防御；想要战胜敌人，就要采取进攻。采取防御，是因为敌人兵力有余；采取进攻，是因为敌人兵力不足。善于防御的人，隐蔽自己的兵力如同深藏于地下；善于进攻的人，展开自己的兵力就像自重霄而降。所以，既能保全自己，而又能取得完全的胜利。

　　预见胜利不超过一般人的见识，不算得高明中最高明的。激战而后取胜，即便是普天下人都说好，也不算是高明中最高明的。这就像能举起秋毫称不上力大，能看见日月算不得眼明，能听到雷霆谈不上耳聪一样。古时候所说的善于打仗的人，总是战胜那容易战胜的敌人。因此，善于打仗的人打了胜仗，没有卓异的胜利，没有智慧的名声，没有勇武的战功。所以他们取得胜利，不会有差错；其所以不会有差错，是由于他们的作战措施建立在必胜的基础之上，是战胜那已处于失败地位的敌人。善于打仗的人，总是使自己立于不败之地，而不放过击败敌人的机会。所以，胜利的军队先有胜利的把握，而后才寻求同敌交战；失败的军队往往是先冒险同敌人交战，而后企求侥幸取胜。善于领导战争的人，必须修明政治，确保法制，所以能够掌握胜败的决定权。

基本原则有五条：一是土地面积的"度"，二是物产资源的"量"；三是兵员众寡的"数"，四是军力强弱的"称"，五是胜负优劣的"胜"。敌我所处地域的不同，产生双方土地面积大小不同的"度"；敌我土地面积大小的"度"的不同，产生双方物产资源多少不同的"量"；敌我物产资源多少的"量"的不同，产生双方兵员多寡不同的"数"；敌我兵员多寡的"数"的不同，产生双方军事实力强弱不同的"称";敌我军事实力强弱的"称"的不同,最终决定战争的胜负成败。胜利的军队较之于失败的军队,有如以"镒"称"铢"那样占有绝对的优势;而失败的军队较之于胜利的军队,就像用"铢"称"镒"那样处于绝对的劣势。军事实力强大的胜利者指挥部队作战,就像在万丈悬崖决开山涧的积水一样,这就是军事实力的"形"。

内容提要

本篇主要论述如何依据敌我双方物质条件、军事实力的强弱差异，灵活机变地采取攻守两种不同的作战方式，来达到在战争中保全自己、消灭敌人的目的。

孙子作为伟大的军事家，清醒地认识到敌我力量对比的不同，对战争胜负结果的重大影响。主张在军事行动中首先做到使自己立于不败之地，然后积极寻求捕捉敌人的可乘之处，以压倒的优势，给予敌人以致命的打击，赢得战争的胜利。

为了在作战中确立自己的优势地位，孙子提出了一系列正确、适宜的对策：（一）"修道而保法"，即清明政治，健全法制，从政治上加以保证。（二）对敌我双方的实力进行认真的综合估算，在此基础上分析预测战争的前景。（三）根据战场情势的变化，采取相宜的攻守之策。孙子认为，只要做到"先胜"，然后再去同敌人作真刀真枪较量，那么，就能"决积水于千仞之溪"，无往而不胜，最终实现"自保而全胜"的战略意图。

战 例　**李牧先备后战御匈奴**

编文：岑　西

绘画：季源业　庄　玲

原　文　先为不可胜，以待敌之可胜。

译　文　先要做到不会被敌战胜，然后待机战胜敌人。

1. 李牧是战国后期赵国北方边防的名将。公元前三世纪中叶，他长期驻守在代郡雁门一带（今山西东北），防御匈奴南犯。

2. 李牧治军有方，平时就做好各种战斗准备。他的部队根据实战需要来
设置军职；辖区内的租税收入，归大本营统一掌管，作为士兵粮饷的来
源。

3. 平时抓紧练兵，常常亲自教士兵骑马射箭，提高军事素质。同时又体恤士兵，注意改善士兵生活。

4. 李牧又派了不少人，深入匈奴腹地，化装成牧人，刺探军情，故而对匈奴情况了如指掌。

5. 李牧要求士兵小心谨慎地管理烽火台, 加强监视, 一旦发现敌人来犯就及时点燃烽火报警。

8

6. 他给部队立了一道军令："即使匈奴来犯，也应迅速收归牲畜，进入阵地自保。谁若胆敢擅自出击去捕获敌人，立斩无赦！"

7. 每次匈奴来犯，烽火台就立即报警，战士也就很快进入阵地，保存力
量，不主动出战。

8. 这样与匈奴相持数年，赵国的北方国土并无丧失，部队也没有伤亡。可是匈奴却以为李牧胆怯不敢交锋，连李牧的一些士兵也以为自己的主将怯敌。

9. 赵王听说李牧一味备战防守，就派人责备李牧不出战。但是李牧我行我素，不改变守备方针。赵王大怒，就把他从前线撤下来，另派了将军代替他守御北方边防。

10. 李牧被撤职后的一年多时间内，匈奴每次来犯，赵国的部队就出战。但数次交战，赵军都失利，伤亡很大。而边防地带因交战频繁，难以进行正常的农牧生产。

11. 赵王无奈，只好请李牧复出。李牧居家称病，赵王强令就职。李牧说："如定要起用我，得同意我实行原来的守备方案。"赵王只好答应。

12. 李牧回到北方边防线，一如既往，加强自卫与平时的战斗准备。这样经过数年，匈奴无隙可乘，一无所获。但匈奴始终以为李牧怯战。

13. 李牧的士兵受到宽厚的待遇，又常常得到主将的赏赐，却没有杀敌报效的机会，求战欲望日益强烈，士气高昂，人人表示愿与匈奴决一死战。

14. 赵孝成王二十一年（公元前245年），李牧备好战车一千三百乘，选了战马一万三千匹，组织了十万名射箭能手，选拔了能够冲锋陷阵的五万名士兵，指挥他们进行严格的实战演习，并宣布这五万名破敌擒将的士兵功成将有重赏。

15. 准备就绪，李牧就让牧民把大批牲畜赶到原野上放牧。顿时，只见
牛马遍地，人民满野。

16. 匈奴一见有利可图，就派小部分军队作试探性侵袭。李牧佯装败北，丢弃下数千人仓皇退走，借以诱敌大举进攻。匈奴见状又误以为李牧胆怯不敢迎战。

17. 匈奴单于得知李牧败退，果然亲率大军南侵。李牧觉得决战时机已经成熟，就布下许多奇特的战阵，展开左右两翼部队攻击敌人，士卒奋勇争先，大破匈奴十余万骑兵。

18. 经过这次大战后，十余年间匈奴都不敢侵犯赵国边地，赵国的北方边疆得以安定，李牧的声威也在边地百姓中广泛传扬。

战 例 # 袁崇焕守而后战拒后金

编文：小 尹

绘画：庞先健 芦 笛 文 薇

原　文　善守者，藏于九地之下。

译　文　善于防御的人，隐蔽自己的兵力如同深藏于地下。

1. 明朝后期，东北地区的少数民族女真于公元1616年建立了后金政权。后金的首领努尔哈赤能征善战，他看到明王朝政治日益腐朽，边防日益废弛，就一再向明朝发动进攻。

2. 至公元1622年，后金不但占领了关外大片地区，而且直接威胁到山海
关内的安全。

3. 消息传到明朝首都北京，官员们一片慌乱，究竟是在山海关外抵抗后金，还是退守关内？两种主张在大臣们中间议而不决。

4. 就在朝廷议论纷纷的时刻，兵部职方主事袁崇焕独自骑马到山海关内外去巡视了一番。他观察了那里的地形，向士兵了解了许多情况。

5. 回到北京，袁崇焕向朝廷详细报告了山海关的形势，并且自告奋勇，要求朝廷给他兵马钱粮，前去辽东担任防守重任。

6. 当时朝廷正愁没人到关外去指挥军事，见袁崇焕自愿担此重任，就破格重用，擢升袁崇焕为佥事，派他到山海关外去监督军事。

7、袁崇焕在受任之后，向朝廷上《擢金事监军方略疏》，力请练兵选将，整械造船，固守山海关，远图恢复大计。

8. 在离京赴任前，他又会见了曾驻山海关经略辽东军务的熊廷弼。熊廷弼问他："用何策略？"袁崇焕回答说："主守而后战。"熊廷弼听了非常高兴。为探讨先守后战、恢复辽东方略，这两位名将谈了整整一天。

9. 袁崇焕赴任之后，与辽东经略王在晋意见分歧，袁崇焕认为应当采取积极防御的方针，坚守关外，以捍卫关内，主张在山海关外的重要军事据点宁远（今辽宁兴城）建立坚固的防线，阻止后金军南下。

10. 而王在晋主张在山海关之外八里铺筑重关，提出所谓"重点设险，
卫山海以卫京师"的御敌方略。

11. 在这种局面下，袁崇焕只得把他的意见用书面形式报告朝廷，并指出王在晋消极防御的错误。朝廷派兵部尚书孙承宗去山海关处理此事。

12. 孙承宗来到山海关了解情况后，认为宁远靠山傍海，右翼的觉华岛峙立海中，和它互成犄角，确实是个险要的地方。如果在这两处修建坚固的堡垒，就可以控制入关的通道。

13. 于是孙承宗支持袁崇焕坚守关外、保卫关内的主张，并派袁崇焕领兵驻守宁远。

14. 宁远东边靠渤海，西边是山岭地带，形势险要，可是城墙只筑了十分之一。袁崇焕亲自察看后，认为城墙高度和厚度都不够。

15. 袁崇焕立即下令修城。规定城高三丈三尺，墙基宽三丈，城头宽二丈四尺，城头垒了六尺高的射箭用的护身墙。

16. 明熹宗天启三年（公元1623年），宁远城修筑完工，袁崇焕又在城墙上配置了各种火器、炮石，包括当时威力比较强大的"西洋大炮"。在他的苦心经营下，宁远成了一个相当坚固的军事重镇。

17. 宁远的防御一巩固，关外流浪的老百姓和许多商人都集中到这里来了。因此，不过一年的工夫，宁远由一个荒凉少人的地方，变成了关外第一个军事重镇，而且工商业也相当繁荣，被人们誉为"关外乐土"。

18. 袁崇焕在巩固了宁远的防御之后，于天启四年（公元1624年）九月亲自领兵到广宁（今辽宁锦州）一带视察。他回来就向孙承宗建议：再把防线向前推进二百里，在锦州一带恢复驻军。

19. 孙承宗根据袁崇焕的意见，派兵驻守锦州和锦县附近的松山、杏山、右屯以及大小凌河等地方，以作为宁远的前卫，这样就形成了一条以锦州、宁远为重点的宁锦防线，扭转了以山海关为前线的危急局势。

20. 可是，正当袁崇焕积极备战的时候，朝廷派了高第来代替孙承宗的职务。高第懦弱无能，胆小如鼠，他认为关外之地是守不住的，一上任就下了一道命令：撤除锦州、右屯等地的全部守军，退守山海关。

21. 袁崇焕虽然竭力反对，但高第大权在握，还是执行了他的决定，把
宁远以北的锦州、右屯、杏山、松山等地的全部驻军匆匆撤到山海关
内，匆忙中竟丢弃了十多万石军粮。

22. 当地的老百姓又一次遭到逃难流亡的痛苦。在逃难中，许多人不幸死亡，一路上全是悲惨凄苦的情景。

23. 当努尔哈赤听到明朝辽东前线换了主帅，又自动地撤了锦州、右屯一带的防务时，满心欢喜。天启六年（公元1626年）正月十四日，努尔哈赤率领十三万大军，号称二十万，浩浩荡荡，向明大举进攻。

24. 当时，宁远城中的守军只有一万多人，袁崇焕采取坚壁清野的策略，把自己的兵力深深隐藏起来，丝毫不露声色；又让城外的百姓携带防守器具，迁入城内，然后放火烧掉城外所有民房，使敌人没有任何可以利用的掩体。

25. 为了鼓舞士气，袁崇焕又刺血为书，表示自己守城抗敌的决心。将士们见主将如此坚定，都表示愿意同宁远城共存亡。

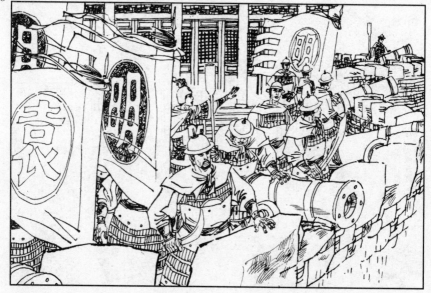

26. 袁崇焕采取了这一系列果断措施，全城军民上下同心，都决心坚守
阵地，严阵以待，奋勇杀敌。

27. 正月二十三日，后金军兵临宁远城下，并派兵越宁远城五里，在山海关与宁远城之间的大路上安营扎寨。

28. 一月二十四日，努尔哈赤命令部下向宁远城发起了猛烈的进攻。后金兵惯于爬城，但这次抢登城头却失败了，原来袁崇焕头天就下令用水泼在城墙上，正值严冬，水一泼上去就结成了坚冰，爬城的金兵都滑了下来。

29. 后金兵又使用云梯、撞车来攻，努尔哈赤亲自督战，企图凿城而入。他们头顶挡箭牌，冒着箭石火器，前队倒下，后队又跟上，谁也不敢后退。

30. 袁崇焕亲自指挥明军，用弓箭、石头和各种火器狠狠打击后金军。

31. 明军虽然个个奋勇，但城中炮石火器毕竟有限，又不可能指望高第派兵来援。在这种形势下，袁崇焕认为明军利于速战速决，他命令炮手们对准后金兵密集的地方，开炮轰击。

32. 炮火腾空而起，后金军一片一片地倒了下去。努尔哈赤眼看部下伤亡惨重，加上天色渐渐昏暗，只好下令收兵。

33. 第二天，努尔哈赤重新调配了兵力，选派一大批身高体强的士兵，披上铁甲，顶着盾牌，分十几处进攻宁远。

34. 开始，后金军的箭矢像飞蝗般越过城墙，随后，各处人马跟了上来。明军将领们急不可待，都希望袁崇焕赶快下令发炮还击。袁崇焕沉着镇定，不许立即开炮。

35. 直到后金军快到城下，他才把手中的令旗一挥，大声命令："开炮！"

36. 霎时间，炮声震天，后金军被击死、击伤者极多，侥幸没有挨到炮弹的，慌忙回身逃命，你冲我撞，互相践踏，队伍大乱。努尔哈赤也在激战中受了重伤，只得下令退兵。

37. 袁崇焕在城上看得很清楚，乘胜率领明军将士杀出城去，一直追赶了三十里路，歼灭后金兵一万多人，才得胜回城。宁远防御战以明军胜利、后金军大败而结束。

60

38. 当宁远刚被包围的时候，明王朝的最高统治者们只求能够退保山海
关。不料十几天以后，却传来了袁崇焕的捷报，满朝文武喜出望外，朝
廷立即颁旨提升袁崇焕为右佥都御史。

战 例 **赖文光神兵突聚歼清军**

编文：隶 员

绘画：盛元富 玫 真 施 晔

原　文　善攻者，动于九天之上。

译　文　善于进攻的人，展开自己的兵力就像自重霄而降。

63

1. 清同治三年（公元1864年）二月，太平天国的都城天京（今江苏南京）告急。扶王陈得才、遵王赖文光等率西北太平军星夜兼程，东下救援。

2. 一路上，捻军将领陈大喜、张宗禹、任化邦等都率部前来会合，再加一些地方农民军的加入，援军激增至几十万，浩浩荡荡，直奔天京。

3. 清廷唯恐围攻天京计划落空，急令平捻钦差大臣僧格林沁亲王率蒙古骑兵，并抽调鄂、豫、皖等军到鄂东拦截，与义军进行了激烈的战斗。

4. 鄂东战役正烈，便传来天京陷落的噩耗。太平军和捻军战士个个悲痛
欲绝。

5. 太平军与捻军的阵线乱了，清兵则更加疯狂。一连数月，捻军一败再败。十一月，在安徽霍山黑石渡一战，太平军损失惨重，主帅陈得才自杀殉职。

6. 遵王赖文光和部分捻军将领率残部突出重围，隐蔽在豫、鄂边界地区的山林中，四下都是围攻的清军。

7. 险恶的局势，使他们认识到，太平军、捻军不相属，捻军各旗又不统一，没有一个统一的核心领导，势必被清兵消灭。张宗禹、任化邦等捻军首领来到赖文光营帐，请求将捻军各旗与太平军合在一起，由赖文光统帅。

8. 赖文光毅然负起领导重任，与众首领盟誓：痛杀清妖，复兴天国，誓同生死，万苦不辞。

9. 赖文光沿用太平天国的年号和封号，称张宗禹为梁王，任化邦为鲁王。把原有军队以及新近前来会合的各地太平军溃败部队和零散捻军加以整顿，重新统一编制。

10. 为了适应以后的奔袭运动战术，赖文光"易步为骑"，扩大骑兵，减少步兵，在步兵中也增加马、骡、驴的配备。

11. 整编后的捻军，突然挥师西向，冲破层层封锁，直趋襄阳。

12. 自黑石渡之战后，僧格林沁认为太平军、捻军已是残败之众，凭着自己的王牌铁骑，足可包揽平捻之功。于是，拒绝湘、淮军的支援，独自追剿整编后的新捻军。

13. 谁料，清军在襄阳、邓州两次受挫，僧格林沁被迫退入邓州城。

14. 捻军在邓州城下虚晃一枪后，又疾速北上，取道南阳府（治所在今河南南阳），到达河南鲁山地区。

15. 僧格林沁唯恐捻军北攻洛阳，急忙率部前往阻截。清军行至汝州（今河南临汝），骑探赶来禀报："捻军在嵩县西北一带集聚……"

16. 待清军经洛阳赶到嵩县，捻军又折回鲁山。僧格林沁便率领军队再奔向鲁山。

17. 清同治四年（公元1865年）一月二十八日中午，清军赶到离鲁山十余里的地方，只见捻军已列阵以待，僧格林沁也匆忙布好阵势，准备出击。

18. 僧格林沁一挥马鞭，翼长恒龄、统领常星阿和成保各率一军，分左、中、右同时出击，企图一举消灭捻军。

19. 两军刚一接战，捻军就败退了下去。僧格林沁见捻军不堪一击，就传令各将：必须咬住，如再让他们逃走，提头来见！

20. 清兵哪敢放松,一路开枪追击。在前奔跑的捻军听到枪声,显得更加惊慌,拼命打马,竞相逃过滍(zhì)水(今河南鲁山、叶县境内的沙河)。

21. 恒龄唯恐捻军跑掉，军法难容，便喝令士兵越河追击。蒙古骑兵呐喊、咒骂，哗哗踏水过河。

22. 清军过河数里后，刚越过一个小山丘，在前面的哨骑尖叫一声，吓得差点滚下马来。

23. 后面跟上的恒龄等清将上丘一看，顿时惊呆了：只见捻军骑兵连天接地，红色的头巾如海潮一般，滚滚而来。

24. 再回首，另有两队捻军骑兵已从后路抄袭上来。霎时间，捻军人马从四面八方涌来，军旗猎猎，刀光闪闪，人喊马嘶，如山呼海啸，惊天动地。

25. 清军众将虽都是身经百战的八旗名将，但也从未见过这样浩大的阵势；吓得不知所措，只是勒马在原地打转。

26. 恒龄向惊呆了的蒙古骑兵吼叫："开枪！快开枪！"一排枪放出去，如投向大海的几粒石子，毫无作用，捻军仍排山倒海似的压来。

27. 清兵大惧，营总富克精阿、精色布库等率部先逃，捻军乘势奋勇杀入敌阵。

28. 在后面督队的僧格林沁幸有总兵陈国瑞拼死相救，才突围逃脱，免于一死。

29. 傍晚，当僧格林沁纠集后援赶到战场，已不见一个捻军的影子。夕阳照耀的原野上，横七竖八地躺满了清军的尸体，翼长恒龄、营总保声、副都统舒伦保等一批头目都已毙命。

30. 僧格林沁气急败坏地将首先脱逃的富克精阿、精色布库等在军前处决。然后，发疯似的狂吼："连夜追击！不灭捻匪，誓不为人！"

31. 鲁山获胜后，捻军能胜则战，不能胜则走，拖着僧军主力在河南转了两个月，于三月底，自河南考城跨入山东境内。

32. 僧格林沁作了些兵马补充后，一直尾追捻军行程数千里，部队被拖得精疲力竭，将士中怨言四起。

33. 老奸巨猾的曾国藩看出了这样追击的危险，指出："兵法忌之，必蹶上将。"清廷也致书告诫僧格林沁。而僧格林沁则认为捻军已是兵散粮尽，只剩残部在流窜逃命，不赶尽杀绝，绝不收兵。

34. 捻军进入山东后，又马不停蹄地行军近两个月，时而纵马疾驰，时而盘旋打圈，继续疲惫清军。

35. 这时，清军中因劳累饥饿而死于道上的就有数百人。僧格林沁自己也动辄数十日不离鞍马，手累得举不起缰绳，用布带缠束，系在肩上驭马。

98

36. 赖文光见聚歼僧军的时机已到，就在黄河南岸的高楼寨（今山东菏泽北）布下天罗地网，等候清军。

37. 清军在高楼寨南面的解元集地区，终于又追上了捻军骑兵，僧格林沁恨不得一口吞掉他们，当即下令攻击。

38. 捻军且战且退，诱使僧军深入高楼寨地区。

39. 僧格林沁进入高楼寨，以为捻军后有黄河，前有大军，已入"死地"，便得意扬扬地派人传令曹州（今山东菏泽）知府，预备好猪、羊，犒赏得胜将士。

40. 传令兵还未起身，只听一声炮响，几十里黄河河堰上下的柳林中，拥出无数捻军，顿时号角齐鸣，声震原野。大军如决堤的黄河水，滚滚卷来。

41. 僧格林沁毕竟是身经百战的大将，冷静思考了片刻，传令分兵三路迎战。

42. 立马高处的赖文光，挥动杏黄旗，捻军也立即分成三路攻击。

43. 捻军将士持刀挺矛，袒臂鏖战，清军也如困兽，比平时更强悍、凶猛。

44. 双方激战两个小时许，西路捻军稍却，正好中路捻军击败了清将常星阿的马队，立即驰援西路。

45. 西路捻军当即回师反攻。两路夹击，将西路清军歼灭。在这同时，东路的清军也被击溃。

46. 遵王赖文光高举大刀，率三路人马一齐扑向清军后督队，战场一片
"活捉僧妖首"的叫喊声。

47. 僧格林沁已是魂不附体，急忙率残部退入一个叫蒇密寨的荒寨中。

48. 捻军将寨子团团围住，又在寨外挖掘长壕，重重设防，以防僧军脱逃。

49. 当天深夜三更时分，僧格林沁率众冒死冲出。清军大多被歼，僧格林沁只率少数亲随落荒而逃。

50. 僧格林沁逃至菏泽西北十五里的吴家店时，被一个叫张皮绠的青年士兵发觉，砍死在麦垄中。就这样，一个屠杀了无数人民的亲王以及一支清廷的王牌铁骑，被赖文光以走致敌，巧妙设伏，突然攻击而全部歼灭了。

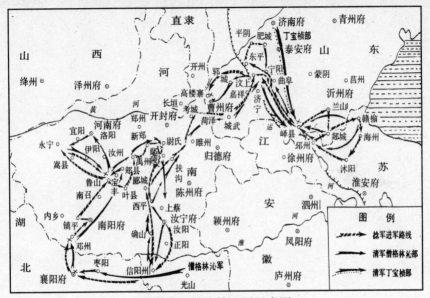

捻军歼灭僧格林沁军示意图

孙 子 兵 法
SUN ZI BING FA

战 例　**墨子救宋无勇功**

编文：夏　逸

绘画：盛元龙　励　钊

原　文　善战者之胜也，无奇胜，无智名，无勇功。

译　文　善于打仗的人打了胜仗，没有卓异的胜利，没有智慧的名声，没有勇武的战功。

1. 春秋末期，楚王曾用公输般（即鲁班）制作的钩拒打败了越国，公输般因此而受到重用。

2. 那年，公输般发明了云梯，楚王决定借助云梯攻下宋国。举国上下，磨刀霍霍，楚王自觉胜利在握，心中十分得意。

3. 消息传至反战的墨子耳中，他对楚国这种恃强欺弱的行径大为愤慨，准备了行装包裹，决定亲往楚国，说服发明云梯的公输般，劝说楚王罢战。

4. 墨子从鲁国起程,途经宋国时,鞋带已断了三次,鞋底也已磨穿。在
宋国境内,看不见一所大屋,看不见一棵大树,看不见一个活泼的人和
一片肥沃的土地,景况十分荒凉。

5. 墨子穿破三双草鞋时,到达楚都郢城。郢城街宽屋高,商店里货物充盈,民众衣着也干净,相形之下,风尘仆仆的墨子倒有几分像乞丐了。

6. 衣冠不整的墨子被门丁拒之于门外，公输般久慕墨子大名，闻讯急急放下手中的云梯模型与曲尺，将墨子请进大厅。

7. 礼毕，墨子说："北方有人侮辱了我，想托你去杀掉他！"公输般不悦。墨子又说："我送你一千两金子作为酬谢。"

8. 公输般大怒，冷冷地说："我义不杀人！"墨子直起身来拜了两拜说："您说得很对，不过听说你造云梯要去攻宋，宋有什么罪过呢？"

9. 公输般一愣，讷讷地说："云梯是造了，可是……"墨子接着说："你不愿杀一个人，却要帮助楚王去攻一个国家，去成批地杀人，这能叫义吗？"公输般哑口无言。

10. 墨子劝公输般休战，公输般十分尴尬："可是，我已答应了楚王。王已决策攻宋。"墨子请他引见楚王。公输般劝墨子吃了饭再去，墨子执意不从。公输般无奈，只好取了自己的干净衣服让墨子换上，而后去晋见楚王。

11. 楚王面前的墨子穿着虽然整洁，但过短的衣裳，长脚鹭鸶似的，显得有几分滑稽。墨子礼罢，从容开口道："我有一件事，一直想不通，今特来向大王求教。"楚王说："先生只管讲来。"

12. 墨子说："从前有一个人，不要华丽的车子，却去偷邻家的破车；不要锦缎，却去偷邻家的破短袄；不要米肉，却想偷邻家的糠屑饭。"楚王听罢觉得好笑："此人一定生了偷摸病。"

13. 墨子直言：“楚地方五千里，宋地方五百里，这像华丽车子与破旧车子；楚地国富民丰，宋地却灾难连连，这像米肉与糠屑饭……据臣看来，王去攻宋也同此。”楚王点头称是，却又说：“云梯已造好，总得去试试。”

14. 墨子不以为然地笑道："云梯成败难说，不信，可以一试。"楚王好新奇，立即派侍臣取来墨子所需的模拟武器木片，墨子又解下腰间的皮带。

15. 几十片木片分为两半，一半给公输般，一半给墨子，作为攻和守的
工具。皮带弯成弧形，算是城墙。先由公输般进攻。两人像下棋一样，
斗了起来。攻的木片一进，守的就一架；这边一退，那边就一招。

16. 他俩斗得难分难解，可是楚王与侍臣们却看得莫名其妙。只见进退九种花样之后，公输般就歇手了。

17. 墨子将皮带的弧形换了个方向，改由自己来进攻。方法似乎相同，然而战了一会儿，墨子的木片就进了皮带的弧线里面了。

18. 楚王和侍臣还是看不懂，但见公输般首先放下木片，脸上悻悻然，就知道他攻和守都失败了。楚王也觉着有些扫兴。

19. "我知道怎么能赢你，但我不说。"公输般脸色讪讪。"我知道你打算怎么赢我，但我不说。"墨子脸色沉静，话音也很阴冷。唯有楚王惊讶："你们在说什么呀？"

20. 墨子转身答道："公输般欲杀我。他以为杀了我便可攻宋。"楚王大愕。

21. 墨子又说："但是我早已将此法教会了我的学生们。如今宋城之上，就有禽滑厘等三百人拿着我的守御武器在守城。所以杀了我也无济于事。"

22. 楚王听了泄气地说："那么，就不去攻宋罢。"

23. 墨子说服楚王不攻宋之后，归还公输般衣衫，穿上来时的那套破衣，兴冲冲地赶回鲁国。

24. 归途上，墨子力乏脚痛，干粮又尽，再则，大事办妥，心事已落，便慢悠悠地走着。

25. 谁料墨子一踏入宋国地界，就被宋国卫士怀疑是奸细，将他赶走，不允许他在宋国停留。

26. 墨子救了宋国，但宋人却一无所知。墨子冒雨赶回鲁国，大病一场。